一方、“ある7つ

それは、深夜にセーヌ川に落ちてきた！

これが“7つの物”！

赤いスカーフのひみつとは？

ガラスのインクつぼ

はさみ

かわのひも

ガラスのかけら

白い紙箱

赤いスカーフの切れはし

JN181828

「赤いスカーフのひみつ」の舞台

今から400年ほど前にできた、石づくりの橋、ポン・ヌフ。

©Naka

ガニマールが、あやしい人物たちを追ったあたりの、パリの道。

©kei

もくじ

事件ナビ…2

エピソード01

あやしい旅行者

1 怪盗紳士のうわさ…16
2 ルーアン行きの列車…24
3 あやしい旅行者…32
4 しばられたルパン…44
5 ルパンの追跡…54
6 にげる強盗…69
7 ルパンとルブラン…90

エピソード
02

赤いスカーフのひみつ

1 あやしい男…96

2 ロシア人の正体…104

3 ルパンとの約束…125

4 殺人事件…132

5 ガニマール警部の捜査…143

6 赤いスカーフのひみつ…150

物語について 編著／二階堂黎人…166

「怪盗アルセーヌ・ルパン」の世界へようこそ!

作／モーリス・ルブラン
編著／二階堂黎人　絵／清瀬のどか

怪盗アルセーヌ・ルパン

あやしい旅行者

Gakken

アルセーヌ・ルパン！

世界一の大どろぼう、怪盗紳士アルセーヌ・ルパンの世界へようこそ！

プロフィール Profile

名前

アルセーヌ・ルパン

生まれそだった国

フランス

とくいなこと

変装。スポーツ。空手など日本の武道※。
変装は、どんな人にもなりきれる。

すきなもの

高価な宝石、すばらしい絵や彫刻。
もちろん、お金も大すきさ。

ぬすみのルール

ぜったいに成功。ぜったいに人は殺さない。
暴力もきらいだね。危険がせまったときは、
空手や柔道のわざをつかう。

ライバル

パリのガニマール警部と、世界一といわれている
イギリスの、あの名探偵。

友人

ルブラン。この本の原作者さ。

最近うれしかったこと

脱獄成功!! くわしくは『10歳までに読みたい世界名作
12巻 怪盗アルセーヌ・ルパン』を読んでほしい。

事件ナビ

この本に出てくる事件を
しょうかいしよう！

※原作では柔術となっています。

怪盗でありヒーロー！

ふふふ……世間では、
ぼくの話題で、もちきりのようだ。

LE NEWS

ルパンが予告
「城から宝を盗む

Le Journal News

宝石が大量に消える!! ルパンか!?

L'Echo de Fr

怪盗紳士ルパン、
次の犯行予告

エピソード01

あやしい旅行者

「この列車に、ルパンが乗りこんだらしい！」

パリの駅で、脱獄したルパンを見たという情報が…。ほんとうに乗っているのか？

走りつづける特急の個室で、何かが起こる！

個室で事件、発生!!

※路線図は、現代の地図にもとづいたものです。

「あやしい旅行者」の舞台

古くから栄えていた、ルーアンの町。今も石だたみで、歴史的な建物がならぶ。

©iStockphoto.com / Natalia Bratslavsky

ルパンの時代から、大きな駅だった、パリのサン・ラザール駅。このお話は、ここから始まる。

©iStockphoto.com / bunhill

このあと、どうなるのか!?

の物”を手に入れたルパン

ルパンの対決が始まる!!

ぼくは、この7つの物を見て「これは事件が起こった」とわかったのさ。この中の、赤いスカーフのひみつもね。ふふふ……、きみたちにもわかるかな?

パリの町で、あやしい人物

あやしい人物その1

オレンジの皮を道においていく男

50歩進むごとに、くつひもをむすびなおし、オレンジの皮をこっそり道ばたにおいていく。

ガニマール警部と

あやしい人物その2

家のかべに、あやしいしるしをつける少年

12歳くらい。オレンジをおく男の動きに合わせて、かべにチョークでしるしをつけている。

このあと、ガニマール警部が見たものとは?

エピソード02

赤いスカーフのひみつ

を見つけたガニマール警部

ルパンのライバル、ガニマール警部が、町で、あやしい男たちを見つけた！そのあとに待ちうけていたこととは!?

ガニマール警部

フランスーの名警部といわれている、パリ警視庁のベテラン。ルパンを追っている。

列車の個室に乗りあわせた、3人の乗客たち

この中に、ルパンがいるのか。それとも!?

ひとりの男が、ねむってしまう。
目ざめたときには……。

このページを左に引っぱってね。

エピソード
01

あやしい旅行者

1 怪盗紳士のうわさ

そのころ世間は、アルセーヌ・ルパンのことで、もちきりでした！
フランスだけではなくヨーロッパ全体で、人と人が出会えば、大どろぼうであるルパンのことを話し、うわさしていたのです。
ぼくが毎日読んでいる新聞にも、こんな見出しが、大きくのっていました。

天才怪盗アルセーヌ・ルパン、パリにあらわれる！
警官が取りかこむ古城から、ルパンが宝物をぬすむ！

ルパンとは、いったい何者なのか!?

そうです。みんながルパンのことを知っていましたが、正体はわからなかったのです。

というのも、ルパンは変装の名人で、化しょうやかつらなどの道具を使って、老人から、わかい女性まで、どんな人にでも化けることができたからです。

そのうえ、一流の俳優以上に、声やしぐさもかんたんにかえて、どんな人にもなりきることができました。そうして、おどろくほどの大金や、宝石や、美術品を、楽々とぬすみました。

それも、ただぬすむだけではありません。

予告をすることもあるのです！

こんにちは。明日の夜中、午前一時ごろに、ぼくがぬすみに入ります。
あなたの持っている、高価な宝石や絵画を、いただきます。
どうぞよろしく。

アルセーヌ・ルパン

ぬすみに入る前に、わざわざこんな予告を送ってくるのです。
予告をすれば、相手は用心し、警察にも知らせるのに！
なんて、大たんなどろぼうではありませんか！
たくさんの警察官たちが見はっていても、ルパンは平気です。いった

とおりに屋(や)しきにしのびこみ、ほしい物(もの)をうばいとっていきました。

まるで、魔法使いか、すがたを消せる透明人間のようでした。

ただし、ルパンはまずしい人や弱い立場の人、子どもをねらうことはありません。いばっている大金持ちや、悪いことをしている人から、ぬすむのです。

ときには、ぬすんだお金で、こまっている人を助けることもありました。しかも、らんぼうなことがきらいで、殺人はぜったいにしません。だから、ルパンは世間の人たちから人気があり、「怪盗紳士」とよばれていたのです。

ですが、そんなルパンが、少し前に失敗をしました。フランス一の刑事といわれる、ガニマール警部につかまってしまったのです。

灰色の髪で目がするどい、大がらなベテラン警部です。

世間の人たちは、たいへんびっくりしました。

フランスじゅうの人間が、これでルパンもおしまいか、と思いました。

しかし、ルパンはあきらめませんでした。なんと、裁判が始まる前に、げんじゅうに見はられていた刑務所から、脱獄してしまったではありませんか！

警察やガニマール警部は、もう一度、ルパンをつかまえようと、すぐに追いました。

今日、ぼくが買った新聞にも、そうしたことが、くわしく書いてありました。

ルパン、まんまと脱獄する！

記事をよく読むと、ルパンはもう、フランスを出て、トルコへ向かったといううわさもあるそうです。

「――すごいやつだな、ルパンは！」

ぼくは、ゆかいな気持ちになりました。

たくさんの警察官が、血まなこになって、ルパンをさがしています。

にもかかわらず、かしこいルパンは、知らん顔でにげているのですから！

＊血まなこ…こうふんして血ばしった目。ここでは、必死になって物事をするようす。

NEWS
ルパン、まんまと
脱獄する！
News

2 ルーアン行きの列車

駅のホームに、アナウンスが流れました。もうすぐ、ルーアン行きの列車が出るのです。

ぼくは新聞をたたみ、その列車に乗りました。パリのサン・ラザール駅から列車を使って、ルーアンの友人のところへ遊びに行くのです。

ぼくは一等車に乗りました。中は、四人から六人がすわれる個室がならんでいるのですが、ほとんど満員でした。

最後の個室に、ほっそりとした女性がいました。まどを開けて、ホームにいる、ひげを生やした男性と話していました。

「じゃあ、なるべく早く、あいつをつかまえるよ。そうしたら、すぐにおれも、ルーアンに行くから。」

「気をつけてね、あなた。ゆだんしちゃだめよ。」

服装と、二人の会話からすると、男性は女性の夫で、警察の人のようです。

出発の合図の汽笛が鳴りました。男性は、個室に入ろうとしているぼくを、ちらりと見ました。ぼくが紳士とかくにんして、安心したようです。

「じゃあ、お母さんによろしく。」

そういって、男性が立ちさり、女性はまどをしめました。

「失礼します、おくさん。ぼくは、ベルラという者です。この個室しか空いていないので、ごいっしょしてもかまいませんか。」

個室に入り、ぼくはやさしくたずねました。そこには、向かいあって、二つの長いすがあります。ぼくは、空いているほうを指さしました。

かのじょはためらいがちに、小さくうなずきました。横に、小ぶりの旅行用バッグがあります。

「ええ。どうぞ。わたくしはルーアンまで行くんですの。」

「ああ、ぼくもです。休みが取れたので、向こうにいる友人と遊ぶんですよ。」

もう一度汽笛が鳴り、列車がゆっくりと動きだしました。

ぼくは、個室のドアをしめると、あみだなにボストンバッグと灰色のコートをのせました。そして、こしを下ろして、かのじょに話しかけました。

「ご主人は、警察の人ですか。」
「はい。そうですの。夫のルノーは、となり町の警察署につとめています。あのルパンがにげたので、つかまえるために大ぜいの警察官がよばれて、夫もその一人ですの。」
「だから、この駅に、たくさんの警察官がいたのですね。おくさんも、ルパンを悪党だと思うのですか。」
ぼくがきくと、ルノー夫人は、心配そうにまゆをひそめました。
「もちろん悪い人ですわ。どろぼうで、世間をさわがせてばかりいますもの。それに、きっと、ものすごくこわい顔をしていて、大男にちがいありませんわ。手下がたくさんいて、いつも、いばっているのだと思います。」

「たしか、変装の名人だそうですね。」
「だれにでも化けられるので、さがすのがたいへんだと、主人が申していました。」
「しかし、駅のような、人がたくさん集まるところに、ルパンがいるとは思えませんね。たぶんもう、外国へにげてしまっていますよ。」
ぼくは、ルノー夫人を安心させるために、いいました。
かのじょは、ちょっと考えこみました。
「……ええ。きっと、そうでしょうね。でも、わたくしたちも、用心しなくてはなりません……。」
そのとき、らんぼうに、個室のドアが開けられました。
入ってきたのは、*中おれ帽をかぶり、茶色いジャケットを着た男です。

*中おれ帽…真ん中がくぼんだ山型になっている帽子。

そして、かれは何もいわず、ルノー夫人の横に、ドッカとすわってしまったのです。

ぼくは、ちょっとまゆをひそめました。

（礼ぎを知らないやつだな……。）

しかし、男はうで組みし、帽子のつばを下げて、目をつぶってしまいました。

ぼくは、素早く、かれを観察しました。着ている服は新しくて、高級な物ですし、顔つきもととのっていました。いちおう、悪い男や、あやしい男には見えません。

ただ、どうも、いやな感じがしたのです……。

3 あやしい旅行者

そのままルノー夫人を見て、ぼくはおどろきました。青ざめて、小さくふるえていたからです。となりにすわった男のせいで、明らかにこわがっています。かのじょは、旅行バッグを自分のひざにのせました。

ぼくは身を乗りだし、小さな声で、かのじょにたずねました。

「どうしましたか、おくさん。気分が悪いのなら、まどを開けましょうか。」

ルノー夫人は、まどのほうへ身をよせ、やっとのことで答えました。聞きとれないほどの小声でした。

「……この列車に、あの男が乗っているのかも。」
「あの男？　だれです？」
ぼくも、ささやきかえしました。
「ルパンです……アルセーヌ・ルパンです。」
かのじょはふるえ声でそういい、横にいる男をちょっとだけ見ました。
「まさか。そんなことはありませんよ。」
ぼくは、首をふった。
「どうしてですの。」
「さっきもいったとおり、ルパンは、とっくににげたはずです。かれは、*欠席裁判によって、二十年の刑を下されました。ですから、フランスにいてはまずいのです。急いで、トルコあたりに行ったはずです。」

*欠席裁判…本人がその場にいないところで、その人にかんすることを決めてしまうこと。

「でも……。」

ルノー夫人は心配そうに、また、男のほうを見ました。

かのじょは、どうやら、この男をアルセーヌ・ルパンだと思っているようです。

「列車が出る前に、夫がわたくしにいったのです。ルパンらしき男を、駅の待合室で見た者がいると……。」

「でしたら、ルパンはもう、駅でつかまっているころでしょう。」

「いいえ、ちがいます。あの男は、べつの列車の切ぷを買ったそうです。その列車に乗るように見せかけて、きっと、この列車にとびのったんですわ！」

と、夫人は強くうったえました。わざと、となりの男に聞こえるように、いったのでしょうか。

「だったら、この列車がルーアンに着いたら、警察官たちが、ルパンをとらえますよ。」

「列車がルーアンに着く前に、ルパンが、へんなことをしたらどうしますか。」

かのじょは本気で心配しています。

「おくさん、落ちついてください。走っている列車の中では、さすがのルパンだって、にげ場はありません。駅に着くまでは、おとなしくしているでしょう。そのほうが、かれにとっても安全ですからね。」

ぼくがやさしくはげますようにいうと、ルノー夫人は少しだけ安心したようでした。そして、旅行バッグをしっかりだきしめ、まどのほうを向いてしまいました。

男のほうは、目をつぶり、うで組みしたまま、ぜんぜん動きません。ねているようでした。

ぼくはたいくつになり、新聞を広げ、もう一度、読みはじめました。そのうちに、ぼくはねむくなってきました。このところ、ぼくはいそがしすぎました。とてもつかれて、かなり寝不足だったのです。

だんだん、まぶたが落ちてきました。ねむけに負けて、ぼくはゆめを見始めました。

ぼくは、鳥のように空をとんでいました。まわりに、たくさんの雲があります。

それらの雲が形をかえて、さまざまな宝物になっていきました。宝石や、首かざりや、王冠や、指輪や、油絵や、彫刻などにです。どれも、キラキラとかがやいて、まばゆい光を放っています。

それらの宝物が、おもちゃをつみあげたような山になりました。

その向こうに、一人の男がいました。シルクハットをかぶり、*えんび

服を着て、黒いステッキを持った、しゃれた格好の男です。

そう。そいつはアルセーヌ・ルパンでした。ぬすんで集めた、たくさんの宝物の前でうれしくて、にやにやとわらっているのです。

それから、ルパンは宝物の山を乗りこえ、ぼくのほうへ歩いてきました。そして、ぼくの体にのしかかり、両手に力をこめ、ぼくの首をしめはじめたのです。

「……う、ううーん。」

ぼくは苦しくて、うめきました。

はっと、目を開けると――。

なんと、あの男がおそろしい顔をして、両手で、ぼくの首をしめているではありませんか！

＊えんび服…紳士の正装。パーティーや儀式のときに着る服の一つで、上着のすそが二つに分かれている。

すごい力です。

しかも、かたほうのひざで、ぼくの腹をおさえていたため、ぼくはにげられず、やられっぱなしでした。

苦しい中、ぼくは横目で、ルノー夫人をさがしました。

かのじょは、まどぎわでぐたっと、気をうしなっていました。たぶん、ぼくをおそう前に、男がかのじょをおどろかせて、気絶させてしまったのでしょう。

ぼくは手足をばたつかせ、男をどかそうとがんばりました。

ですが、男の力が強すぎました。頭も体もしびれてきて、気がつくと、ぼくは、体じゅうをひもでしばられていました。

声が出せないよう、口にも布を当てられているので、さけんで、助けをよぶこともできません。

ぼくは、くやしくて、うめきました。ほとんど、身動きができません。

「命がおしければ、おとなしくしていやがれ！」

男は、おどかすようにいいました。

それにしても、男の行動は大たんでした。こいつは、*うでの立つ強盗か、犯行になれた悪人にちがいありません。

それにくらべて、このぼくは、じつにまぬけです。こんなにあぶない男が同じ個室にいたというのに、うっかり、ねむってしまったのですから。

そのあげく、包帯だらけのミイラのようにしばられ、座席の上に、ただ転がされているのです。

*うでが立つ…物事をやりとげる力が、すぐれている。うで前がすばらしい。

アルセーヌ・ルパンという名前を持つ、このぼくがです！
どろぼうの王様とさえよばれる、このルパンが、だらしなくやられてしまったのです！
ああ、ほんとうに、くだらない大失敗です！

4 しばられたルパン

強盗は、ギラギラと光る目で、ぼくをにらみつけました。

こんな男、ぼくはちっともこわくはありません。けれども、口をふさがれていたので、いいかえせません。

「さて、おまえが持っている物を、みんなおれによこしな！」

男は、ぼくから、さいふや時計をうばいました。それから、ぼくのボストンバッグをあみだなから下ろし、中をあさり、大金や書類入れを見つけだしました。

（ああ、なんてことだ！）

ぼくは心の中でさけびました。

アルセーヌ・ルパンともあろう者が、こそどろにやられるとは！

「――さて、次はこの女だ。何を持っているかな。」

男はうすわらいをうかべながらいい、ルノー夫人の旅行バッグに手をのばし、さいふや、宝石が入っていると思われるふくろを、取りだしました。

そのとき、ルノー夫人が意識を取りもどしました。はっと息をのみ、体をちぢめます。

「ほら、指輪と、首かざりをよこせ！」

男は、きつい声でいいました。

かのじょはふるえながら、それらをはずし、男にわたしました。

「これだけか！」

男がどなったので、かのじょは声にならない小さな悲鳴を上げ、また気をうしなってしまいました。

男は、落ちついた態度で、いすにすわりました。そして、ぼくたちからぬすんだものを、ていねいに調べました。

「へ、へへ。この指輪はダイヤだし、首かざりも、なかなかの高級品だぞ。書類入れも、重要そうな紙が入っているじゃないか――何かの役に立つだろう。」

どのくらいの値打ちのあるものか、調べているのです。そして、男は満足すると、にやりとわらって、すべてを、ぼくのボストンバッグの中にしまいました。

でも、ぼくのほうは、大いに不満でした。

あの書類入れには、いろいろと大事な物が入っていたのです。どろぼうの計画書とか、ぬすみに入る屋しきの図面とか、ひみつの手紙とか、部下のリストとかです。

それらはみんな、このアルセーヌ・ルパンにとって、必要な物でした。せっかく、次の仕事はおもしろくなりそうだったのに！

＊値打ちがある…役に立つ、価値がある。

（なんとしても、取りかえしてやる！）

しかし、その前に、ぼくやルノー夫人はどうなるのでしょうか。

男はぼくのボストンバッグにあった時刻表を見ながら、タバコをゆっくりとすいはじめました。どうやら、ぼくらはこれ以上、いためつけられることはないようです。

列車は、かなりのスピードで走っていました。

パリの駅で、ルパンを見かけたという通報があったとすれば、次のルーアン駅では、このぼくをつかまえようと、警察官が待ちかまえていることでしょう。こんなふうにしばられていたら、さすがのぼくでも、すぐにつかまってしまいます。

もしつかまっても、まあ、また、にげればよいのですが――。せっかく脱獄したばかりなので、もう少し自由を味わいたいわけです。

ぼくらをおそった男も、次の駅に警察官がいると、気づいているはずです。しかし、かれは落ちついていました。

ガタン。列車が、少しゆれました。*セーヌ川をわたる鉄橋の上を、通過したからです。

「さて、そろそろ、にげだすじゅんびをするか……。」

と、男はつぶやきました。あみだなにあるぼくのコートをつかみ、そでを通しました。

ぼくは、かれのすることを見ながら、考えました。

（どういうつもりだ？　こんなに速く走っている列車から、どうにげようというのか。）

*セーヌ川…フランス北部を流れる川。首都パリの中心も流れる。

男は、気をうしなったままのルノー夫人を横にどかし、まどを開けました。ボストンバッグを持ち、いすにかた足をかけると、頭を外に出しました。

（まさか、まどからとびおりるのか。）

しかし、そのまさかでした。

「よし、思ったとおりだぞ！」

男はいい、にやりとしました。

列車がトンネルに入ると、急にスピードを落としたのです。だんだん、ゆっくり走るようになりました。

男は、まどわくをつかんで、軽々と体を外に出しました。

そして、ひらりと、とびおりてしまったのです！

闇の中に、男のすがたが、ふっと消えました。
一分ほどして、少し外が明るくなりました。列車がだんだんと、スピードを上げはじめました。
ぼくはけんめいに頭を起こし、外のようすを見ました。
トンネルを出たところで、線路の工事をしています。だから、列車はスピードを落としたのでした。
男は、この工事のことを知っていたのです。列車強盗をしたあとに、ここでにげようと、はじめから計画していたのでしょう。
（この、ルパンが、やられっぱなしで、たまるか！）
ぼくは、口に当てられた布の下でうなりました。
体を少しずつゆらし、動かし、しばられていたひもをゆるめようと、がんばりました。

あともう一つトンネルをぬけると、ルーアン駅に着きます。

それまでに、にげださないと、警察につかまってしまうのです！

5 ルパンの追跡

ぼくは体をくねらせ、いすから、わざと落ちました。

ゆかに転がったぼくは、しばられた両足をのばし、気をうしなっているルノー夫人のくつをつっつきました。

「……うーん。」

かのじょがうめきながら、目を開けました。はっとして、このたいへんなようすに気づいたようです。

「――だ、だいじょうぶですか!?」

かのじょはあわてて、ぼくの口をふさいでいる布を、取ってくれました。

「ありがとう、おくさん。」

ぼくは、心から礼をいいました。

「あ、あの人は？」

あの男のことを思いだしたのか、ルノー夫人は、目におそれの色をうかべました。

「まどからにげましたよ。」

「まあ！　すぐに、非常ベルを鳴らします。」

「いいや、もうおそい。もうすぐ、

ルーアン駅に着いて、列車が止まります。そうしたら、警察をよびましょう。」

ぼくがそういう間に、ルノー夫人は、ぼくをしばっているひもをほどいてくれました。

「やはり、わたくしがいったとおり、ルパンがこの列車に乗っていたのですね。指輪も宝石も、すっかりとられてしまいましたわ。」

と、かのじょは悲しい顔をしました。

「だいじょうぶ、取りかえせますよ。」

ぼくはかのじょの手を取り、はげましました。怪盗のぼくですが、けなげな女性が悲しむのは、ゆるせないのです。

「無理ですわ。あの男はルパンですもの。」

「とにかく、駅に着いたら、ここで起きたことを、くわしく駅員や警官たちに話してください。ぼくも説明しますが、警察官のおくさまであるあなたがいったほうが、かれらも信用します。そして、強盗の人相や灰色のコートを着て行ったことなんかを、くわしく教えるんです。」

「はい。」

「それと、先にあなたのお名前と、ご主人のお名前、さらに、ぼくの名前をいってください。

ぼくは、ギョーム・ベルラです。マルセイユで旅行会社を経営しています。

そして、ぼくは、あなたの知り合いだということにしておいてください。そうすれば、駅員や警察官たちも、よけいなことを考えないで、あの男を追いかけられますからね。」

「ええ、そうしますわ。」

ルノー夫人がうなずいたとき、列車がスピードを落としました。間もなく、列車はルーアン駅に着きました。

かのじょは、ぼくのいったとおりにしてくれました。

列車の中で強盗事件があったと知り、駅員たちはおどろきました。警察官たちも、すぐにかけつけました。ルパンがこの列車に乗っているかもしれないと聞いて、待っていたようです。

ぼくは、すりきずのできた手首をこすりながら、説明しました。

「――というわけで、ぼくとルノー夫人は、やつにおそわれました。お金や宝石をぬすまれたのです。あれはまちがいなく、ルパンでしたよ！」

「ええ、ぜったいに、アルセーヌ・ルパンですわ。おそろしい顔をしていましたもの！」

と、ルノー夫人も強くうったえました。

警察署長もやってきたので、ぼくは、かれにたのみました。

「このままでは、ルパンは遠くに行ってしまいます。早く、あいつをとらえなくては！　くやしいので、ぼくも車にでも乗り、追いかけようと思います。」

そう、あまり駅でうろうろしていると、ぼくが本物のルパンであることが、かれらにばれるかもしれません。それに、あの男をつかまえるためにも、急いで、この場をはなれる必要がありました。

すると、署長はいいました。

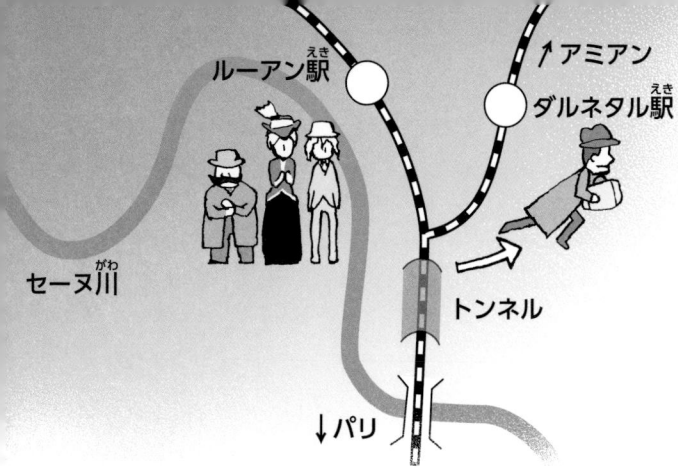

「だいじょうぶですよ、ベルラさん。ただちに、部下二人を、ルパンがとびおりたトンネルに向かわせますから。そして、とらえてやります。」

「今さら、トンネルに行ってもむだです。それでは、ルパンはつかまりませんよ。」

と、ぼくは首をふりました。

「どうしてです？」

「あの強盗が、あそこで、うろうろしているはずがないからです。やつはもう、となりの、ダルネタル駅近くへ行っているでしょう。

たぶん、午前十時五十分にダルネタル駅を出発する、アミアン行きの列車に乗るはずです。」

ぼくは、駅にあるかけ時計を指さしました。

今は、午前十時二十二分です。

署長はおどろき、ぼくの顔を見ました。

「どうして、そうわかるのですか。」

「なあに、かんたんな推理ですよ。かれは、時刻表を細かく調べていました。それをおいていったので、気になって、ぼくも見てみたのです。そうしたら、あのトンネルにもっとも

近いダルネタル駅で、つごうよくいちばん早く乗れるアミアン行き列車がありました。早くにげようと思ったら、それに乗るに決まっています。」

「なるほど。たしかに、そうですな。」

署長も時刻表をよく見て、なっとくしたようです。

それから、かれは、ぼくの顔をちらりと見ました。

ぼくが、切れ味するどい推理をひろうしたので、こいつは何者だろうかと、うたがいはじめたのでしょう。

それをごまかす意味もあって、ぼくはもう一度、かけ時計を指さしました。

「署長。なにしろ、時間がありません。あなたの部下を二人、ぼくにかしてください。

この駅の外には、友人が手配した、ぼくの車が止まっているはずです。すごくスピードの出る車です。それを使って、あなたの部下といっしょに、ルパンをつかまえてやりますよ！」

すぐさま、署長は手をふりました。

「いいや、そんなことはまかせられない。そういうことは、警察の仕事ですから。」

すると、横からルノー夫人が、おうえんしてくれました。

「署長。ベルラさんを行かせてあげてください。あのルパンの顔を見たのは、わたくしと、この方だけです。この方なら、ルパンを見分けられます。そうすれば、あなたの部下たちが、あの男をつかまえられますもの。」

署長は、うで組みし、ちょっと考えました。

「――いいでしょう。ベルラさん。刑事を二人、おかししましょう。しかし、無茶はしないでくださいよ。」

「ええ、しません。ぼくに、まかせてください。」

ぼくは、うなずきました。

そして、ルノー夫人にお礼をこめておじぎをし、ぼくは足早に、駅を出ました。

刑事二人が、署長にいわれて、ぼくを追いかけてきました。一人は背が高く、一人は少し太っています。

ぼくは、かれらといっしょに、外のロータリーに止めてあった、ピカピカの新車に乗りこみました。パリを出るときに、用意しておくようにと部下に命じておいた車です。ほんとうは、この新車で、ルーアンを楽しくドライブする予定でしたが——。

ぼくはハンドルをにぎり、車を発進させました。急いでダルネタル駅に行かないと、あの男は列車に乗ってしまいます。ぼくは、ぐんぐんスピードを上げました。

*ノルマンディーの古い町をかけぬけながら、心の中で、ぼくはこのあとの計画を練っていました。

フフフ…それにしても、なんともおもしろくて、なんともへんなことになったものです。本物のルパンが、刑事といっしょに、にせ者のルパンをさがしに行くだなんて！

*ノルマンディー…フランス北西部の地方で、中心都市はルーアン。

6 にげる強盗

しかし、ぼくらがダルネタル駅に着いたとき、列車は三分前に発車していました。

（しまった！　おそかったか！）

ぼくは、くちびるをかみました。

いっしょに車に乗った背の高い刑事が、改札口にいた駅員にきいてきました。

「――あいつは、アミアン駅までの切ぷを買い、二等車に乗ったそうですよ、ベルラさん。」

あの男と思われる人物が、やはり、その列車に乗ったようです。
「やつの乗った列車は、次、どこの駅に、何時に止まりますか。」
ぼくは、横で時刻表を見ている、太った刑事にききました。
「十九分後に、次のビュシー駅にとうちゃくします。」
「では、急いで車で追いかけましょう。」
力強くいうぼくに、刑事たちはうなずいてくれました。
ぼくたちは、すぐに車にかけもどり、乗りこみました。
「刑事さん。ぜったいに、ビュシー駅でやつをつかまえましょう。終点のアミアン駅まで行かれてしまうと、やつの乗りかえられる列車が、いろいろありますからね。」
いいながら、思いきりアクセル*をふみます。

*アクセル…自動車の、スピードを出すときにふむ装置。

アミアン
ビュシー駅
ダルネタル駅
ルーアン駅

「ですが、ここからビュシー駅まで、二十三キロメートルもありますよ。」
標識を見て、太った刑事が、あきらめたようにいいました。
「だいじょうぶ。列車は二十三キロを十九分で走るんですよね。このスピードなら、ぼくらのほうが先に着くでしょう。」
ぼくはいいきると、刑事たちに道案内をたのみ、車をどんどん走らせました。何台も何台も、車や馬車を追いぬいていきます。
車があまりに速く走るので、刑事たちは、おそろしくて、青い顔をしています。
(刑事さんたち、だいじょうぶです。スポーツ万能の、このルパンですから!)

「――そ、そこを右です。」
と、ひやあせをかいている背の高い刑事が、道を曲がるように教えてくれました。
ぼくは急ハンドルを切りました。
キキキッー！
タイヤが鳴り、すなぼこりが車の後ろにまきあがりました。
そこから先のビュシー駅につづく道は、鉄道の線路とならんで、ほぼまっすぐのびています。
「あ、列車だ！」
太った刑事がさけび、前を指さしました。
少し先を、急行列車が、いきおいよく走っています。

ぼくは、車のスピードをもっと上げました。

そこから、ビュシー駅までの一キロは、車と列車の競争になりました。

どちらも負けじと、風を切って走ります。

ついに、車が列車とならびます——。

「ほら、間に合いました！」
ぼくたちのほうが、ほんの少しだけ先に、ビュシー駅に着きました。
ぼくはきげんよく、刑事二人といっしょに車からとびでました。そして、改札を走りぬけ、ホームにかけつけたのです。
「手分けして、ルパンをさがしましょう！」
ぼくは刑事たちにいい、列車の前、真ん中、後ろと分かれました。刑事たちは、さらに駅員にも助けをもとめたようです。
何人もの乗客が、列車からおりていきます。ですが、あの男のすがたが見えません。ぼくは列車に入ってみましたが、そこにもいません。
ぼくたちは、ホームで集まりました。列車の車しょうも来ています。
「くそう、あの男――ルパン――は、ぼくの車を見て、きけんを感じて、とちゅうで列車をとびおりたにちがいありません。

車しょうさん、灰色のコートを着て、ボストンバッグを持った男を見ませんでしたか。」

ぼくの質問に、車しょうは、深くうなずきました。

「ええ、この駅の二十メートルほど手前で、道路とは反対側の丘に向かって、列車からとびおりた男がいました。あんなあぶないことをするなんて、とてもあやしい男ですよ。」

ぼくは、二人の刑事に声をかけました。

「よし、そっちへ、行ってみましょう！」

ぼくたち三人は駅を出て、丘を目指しました。線路の西側には、緑の草でおおわれた、きれいな丘がつづいていました。

「――あ、あいつだ！　あの強盗だ！」

ぼくは、さけびました。

丘の上に着いたとき、近くの森へ入ろうとしている、男のすがたが見えたのです。

そのとき、強盗が、ぼくらの気配を感じたように、こちらをふりむきました。あわてて森にかけこんでいきます。

森は、それほど大きくありません。細い道が三本あって、一つは森の中へ、一つは森の左側へ、もう一つは森の右側へつづいています。森の向こうにはもう一つの丘があり、その上に、古くて、くずれかけた教会が立っていました。どの道も、その教会の前へ出られるようでした。

「よし。三方に分かれて、あいつを教会で追いつめましょう。いいです

ね、刑事さんたち！」
ぼくはそう提案すると、まっすぐ森の中に入りました。

背の高い刑事は左の小道を、太った刑事は右の小道を走っていきました。この二人は、ほんとうによく協力してくれます。

もちろん、真ん中の近道をえらんだぼくが、一番に教会に着き、あの男に追いつきました。なかなか体力のありそうな強盗でしたが、走りつづけて、もうへとへとになっていました。

もちろん、ぼくはしっかり体をきたえています。このくらいのマラソンでは、ぜんぜんつかれません。

男はとびらのこわれた入り口から、教会の中ににげこみました。

「待てっ！」

ぼくは、後ろから、かれにとびかかりました。

「なんだ!?」

強盗はいいかえして体をひねり、ぼくになぐりかかってきました。

今度は、列車の中のように、ぼくも油断していません。相手のパンチをひらりとかわしました。

「このやろう！」

男は、もうじゅうのような声を発し、ポケットからピストルを取りだしました。

「むだだっ！」

ぼくはかれがのばしたうでをつかみ、その首すじに、一げきを食らわせました。

ぼくは、子どものころから、ボクシングの名人でした。それに、*東洋にある日本という国の武道――空手――も習っていたのです。

*東洋…日本、中国、インドなど、アジアの国々をまとめたよび方。

「うっ！」

と、うめいて、男はゆかにたおれました。

ぼくはかれにのしかかり、柔道のわざで動けなくしました。

「いいか、よく聞け。ぼくはアルセーヌ・ルパンだ。この名を、知っているだろう。」

「えっ？……あ、ああ。」

男はくやしげな顔で、苦しそうにうなずきました。

ぼくはつめたい声で、かれにいいました。

「おい、お前。さっきは、列車でうまくやったもんだ。ぼくともあろう者が、すっかり油断したよ。強盗のうで前や、にげ方は、お見事だな。それはみとめよう。

だが、ここまでだ。ぼくと、あのご婦人からうばった物を返してくれ。今すぐおとなしく返せば、きみを部下とし、助けよう。警察にわたさず、にがしてやる。急いで考えるんだ。『はい』か『いいえ』か、どちらにする？」

男はあきらめて、

「は、はい……。」

と、弱々しい声でつぶやきました。

「よし。じゃあ、これからはお前はぼくの部下だ。ぼくが、お前のめんどうをみてやる。ぼくのいうことをきくように。」

「はい。」

と、男は、あきらめたようにいいました。

「お前の名前は？」

「……ピエール・オンフレー。」

その名前を、ぼくはもちろん知っています！

こいつは、あちこちで強盗をはたらき、人まで殺している、悪いやつです。

つい何日か前も、アパートにしのびこんで住人を殺し、金をうばったと新聞に出ていた、その犯人です。

ぼくは外の物音を聞きつけました。刑事たちがやってきたのでしょう。

「じゃあ、ピエール。さっさとうら口からにげろ。三日後の朝に、パリのタンプル通りの角へ来るんだ。そこで待ち合わせだぞ。刑事につかまるなよ。」

ぼくは男を立たせ、背中をどんとおしてやりました。
男がにげていくのを見ながら、ぼくは、ゆかに落ちているボストンバッグを拾うと、それを、すぐさまかべのわれ目にかくしました。

「――やつはどこですか!?」
バタバタと、刑事たちが、教会へかけこんできました。
ぼくはひざをつき、肩をおさえながら、おくのほうを指さしました。
「刑事さん、やつはあっちです！　ぼくをなぐってから、うらへにげました。早く追いかけて！」
「わかりました。ベルラさん、あなたはここにいてください！」
刑事たちは大声を上げ、大急ぎで、強盗のあとを追いかけていきました。
（よし。うまくいったぞ！　ピエールは刑事たちにまかせて、こっちはさっさとにげるとしよう！）
刑事たちの足音が消えていきます。

でも、まだやることがあります。ボストンバッグを取りだすと、中を調べました。ぼくのお金や書類入れ、ルノー夫人のさいふやダイヤの指輪など、やつがぬすんだ物がすべて入っていました。

ぼくは手帳を一ページやぶり、ペンで、次のような文句を書きました。

親愛なる刑事さん、お二人に。

いっしょに強盗を追いかけたお礼として、百フランずつさしあげます。ルノー夫人の持ち物は、かのじょにわたしてください。

アルセーヌ・ルパンより

ぼくはそのメモを、長いすの上におきました。さらに、百フラン札二まいと、ルノー夫人のさいふや、ダイヤの指輪などものせました。

そして、刑事たちがもどってくる前に、急いで、その場を立ちさったのです――。

＊フラン…フランスで以前使われていたお金の単位。百フランは今のお金で、およそ十万円。

7 ルパンとルブラン

「――というわけなんだよ、ルブラン。」

ソファーにこしかけたぼくは、コーヒーを飲みながら、信らいしている友人である作家、モーリス・ルブランにいいました。

夕食を食べたあと、刑務所を脱獄してからのことを、ぼくはルブランに話したのです。ルブランは、これまでも、ぼくの冒険について聞くと、それを小説にして、雑誌に発表したり、本にしたりしてくれていました。

「すると、今回、きみが使った仮名は、ギョーム・ベルラなんだね、ルパン。」

ルブランは、ぼくの顔を見つめ、そう質問しました。
もちろん、今日もまた、ぼくの顔はちがっています。ぼくはいつも変装しているので、ぼく自身も、どれがほんとうの顔か、わからないくらいなのです。だから、ルブランにも見分けがつかないでしょう。
「そう、ベルラだ。ちゃんとした*実業家さ。」
ぼくは、深くうなずきました。
「きみは脱獄したあと、トルコへ行ったと思っていたよ。」
「あれは、警察をだますために、ぼくがわざと流したうわさ。
だって、ぼくは、このフランスで、いろいろとやらなくてはならない仕事がある。ぼくにぬすまれたがっている宝物や美術品が、ざくざくあるんだからね。」

「ピエール・オンフレーは、どうなったんだい？」

「ああ、明日の新聞にはのると思うけど、オンフレーは、けさ、パリのタンプル通りで警察につかまったよ。

ぼくが、警察に知らせたんでね。のこのこあらわれたところを、たいほされたんだ。」

「じゃあ、ルパン。きみは、やつをだましたんだな。仲間にするといっておきながら。」

と、ルブランはあきれて、ぼくの顔を見ました。

「まあ、そうだ。だって、人を殺すような悪人は、一生、刑務所にとじこめておいたほうが、世の中のためだからね。」

「そういえば、きみはルノー夫人に、ぬすまれた物をもどしてやったね。

＊実業家…会社、工場、銀行などを動かして、大きな事業をやっている人。

あいかわらず、しゃれたことをするじゃないか。」

「かのじょは、ぼくのさるぐつわをほどいてくれたし、警察官が来たときに、ぼくの味方をしてくれたんだ。だから、ちゃんとお礼をしようと思ったわけなのさ――。」

そういって、ぼくはにっこりわらい、コーヒー・カップを口に運んだのです。

（「あやしい旅行者」おわり）

＊ルパンの脱獄のお話については、「10歳までに読みたい世界名作12巻　怪盗アルセーヌ・ルパン」で読めます。

エピソード
02

赤(あか)いスカーフのひみつ

1 あやしい男

「――おや、あいつ、何をしているんだ？」

その朝、家を出て、パリ警視庁に出かけるとちゅうのガニマール警部は、ベルゴレーズ通りで、へんなことをしている男を見かけました。

男の身なりも、みょうでした。すりきれた服を着ていて、はだ寒い十一月だというのに、麦わら帽子をかぶっています。くつも、どろだらけでした。

その男は、五十歩ほど進むごとにしゃがみこみ、くつのひもをむすびなおすのです。また、ポケットからオレンジの皮を小さくちぎったものを取りだして、こっそり、歩道のふちにおいていくのです。

（いたずらだろうか。それとも、悪い、たくらみでもあるのか――。）

男のようすを見ながら、ガニマール警部はそう考えました。そして、ゆっくりと、あとをつけはじめました。

かれは、フランスでいちばんすぐれている、ベテランの刑事です。これまで、たくさんの犯罪者をたいほしてきました。ですから、何かへんなことや、事件にからんでいることがあると、ピンとくるのです。

「あの男は、ぜったいにあやしいぞ……。」

と、ガニマール警部はつぶやきました。

男は同じことをしながら、次の大通りを右に曲がりました。

通りの反対側に、十二歳くらいの少年がいました。その子も、ひどくみすぼらしい格好です。
男と少年は、目で合図をかわし、通りの両側を歩いていきます。
少しして、男はまた、かがみこみ、ズボンのすそをさわりました。そして、オレンジの小さい皮を、歩道のはしにおきました。
それに合わせて、少年が立ちどまり、横にある家のかべに、チョークで小さく十字を書いて、それを丸でかこったのです。

ガニマール警部は、まゆをピクリと動かしました。

（ますますきみょうだ。二人は、仲間にちがいない。チョークで書いたしるしは、何かの暗号だろうな。）

あやしい男と、あやしい少年は、歩きながら、このふしぎな行動を何度もくりかえしました。

（犯罪のにおいが、ぷんぷんするぞ……。）

通りを二つ横切り、シュレーヌ通りまで来ると、男が立ちどまり、これまでよりもたくさん、オレンジの皮を足元にすてました。

少年は、歩道の上に、あのしるしを二つ書きました。

それから、男と少年は、横にある古い建物に入りました。五階建てで、四階をのぞいて、すべてのまどのカーテンが、しまっています。

（やはり、悪だくみがあるんだな。よし、中を見てみようか。）

ガニマール警部も、しのび足で建物に入りました。左手に階段があります。かれは、足音を立てないように、しずかに上りはじめました。

そのとき、上から、ドタンバタンというはげしい物音が聞こえてきたのです。まるで、だれかとだれかが、けんかでもしているかのようでした！

「な、なんだ!?　事件か!!」

びっくりしたガニマール警部は、むちゅうで、階段をかけあがりました。四階まで来ると、部屋のドアが開いていました。かれは中を見て、

「あっ！」

と、息をのみました。

部屋の中で、あの男と少年がさわいでいました。とびはねながら、わざとドスン、ドスンという音を立てていたのです。また、いすをつかみ、その足をゆかに打ちつけていました。だから、あんなにうるさい音がしていたのです！

（ど、どういうことなんだ……？）

ガニマール警部があぜんとしていると、となりの部屋から、三人目の

人物があらわれました。
三十歳くらいの、背の高い紳士で、短いほおひげを生やしています。着ているのは、うら側が毛皮になった、高級なコートでした。
見たところ、ロシア人の貴族のようです。
「こんにちは、警部さん。」
と、かれは愛想よくいい、男と少年に近づき、声をかけました。
「もういいよ、きみたち。用事はすんだ。ガニマール警部さんが来てくれたからね。よくやってくれた。ほら、これがお礼だ。」
そういって、ロシア人は二人にそれぞれ、百フランのお札をあたえました。
「へえ、ありがとうございます、だんな。それじゃ、失礼いたしやす。」

男と少年はペコペコして礼をいい、さっさと階段を、下りていってしまいました。

＊愛想…人にあたえるよい感じの言葉づかい、表情、態度など。

2 ロシア人の正体

「――どうしたんですか、警部さん。へんな顔をして。」
ロシア人の紳士は、おかしそうにいい、わらいました。
「だ、だれだ、あんたは。」
はっとしたガニマール警部は、引きつった顔でいいました。
「フフフ、あなたとぼくは、友人じゃないですか。」
と、紳士は気さくにいい、あく手をもとめて、右手を前に出しました。
しかし、ガニマール警部は首をふり、うわずった声でいいました。
「いいや、わしは、あんたなんか見たことがない。知らないぞ！」

紳士は、がっかりしたようです。

「うそでしょう、警部さん。ぼくがわからないなんて！　まあ、いいです。それよりも、ぼくは、あなたに急ぎの用事があって、こうして来てもらいました。手紙や電話でよんだら、あなたは用心して、部下の警官たちをたくさんつれてきたでしょう。そうすると、ぼくも相手にするのがたいへんですからね。あの二人に演技をしてもらってあなただけをよんだのです。」

「演技？」

「ハハハ、かんたんなトリック*1ですよ。オレンジの皮をすてたり、家のかべにチョークでしるしを書いたりすれば、ベテラン刑事のあなたは、きっとあやしむでしょう。犯罪のにおいをかぎつけ、真相*2をあばこうと、

*1トリック…人をだます方法。たくらみ。　*2真相…物事のほんとうのすがた、ようす。

かれらのあとをつけて、かならず、やってくる。そう、ぼくは予想したわけで、そのとおりになりました。」

紳士は楽しげに、すらすらと説明しました。

「ふ、ふざけるな！　おまえは、いったいだれなんだ!?」

と、警部は大声でわめきました。

「まあ、この変装はかんぺきですからね。わからなくても当然ですかね。」

「――ま、まさか！」

「そのまさかです。ルパンです、アルセーヌ・ルパンですよ。」

そういって、ロシア人の紳士は軽くほほえみ、しばいがかったおじぎをしたのです。

「うそだ……うそだ……。」

そうくりかえしながら、ガニマール警部は一歩近づき、まじまじと紳士の顔を見つめました。

「ほんとうですよ。ぼくは、あなたが追いかけているルパンです。」

「ありえない。わしの知っているルパンとは、顔も体つきも、ぜんぜんちがうじゃないか。年れいも髪の色も、声の感じもちがっているぞ！」

「ぼくの変装が、*1神がかりてきということは、あなたも知っているでしょう。今回は、ちょっと、ロシア人の貴族になってみました。」

紳士は事*2もなげにいい、ポンと気軽に、ガニマール警部の肩をたたきました。

「この野郎！」

と、警部はどなり、ルパンにつかみかかりました。

しかし、ルパンはひらりとそれをかわし、

「あなたは、ありがたく思わないのですか。ぼくが、ラ・サンテ刑務所を脱獄してから、ずっとさがしていたんでしょう。大よろこびで、ぼくにだきつくと思ったんですがね。」

と、からかうようにいいました。

「じゃあ、さっさと話せ。わしに、なんの用があるんだ！」

ルパンは、いすの一つにすわり、警部にもうながしました。

「さあ、あなたもおすわりください。話をするのに、この部屋はもってこいなんですよ。だれのじゃまも入らないですからね。」

ガニマール警部はしぶい顔で、したがいました。

ルパンは、じまんげに話をつづけました。

「ぼくのかくれ家はフランスじゅうにあって、ここはその一つです。なるべく人目につきたくないときに、使うことにしてましてね。」

「だから、なんだっていうんだ。」

＊1神がかり…ここでは、神が人の体に乗りうつったように、いうことや、やることが、ふつうとは思えないほどであること。＊2事もなげ…まるで何事もなかったようなようす。

ガニマール警部は、*宿敵の話をさえぎりました。

「では、さっそく説明しますね。けさがたのことです。というより、夜のとてもおそい時間、午前一時ごろのことです。ある船が、セーヌ川にあるポン・ヌフ橋の下をくぐりぬけました。すると、船の前のほうに、何かがバサリと落ちてきたのです。

明らかに、橋の上から、だれかが、セーヌ川へすてようとして、投げた物でしょう。それが、ぐうぜん、船の上に落ちてしまったわけです。

それは、何かを新聞紙でくるみ、かわのひもでしばった物でした。

＊宿敵…前からの敵。

船頭は、中を見てみました。すると、みょうな物がいくつか出てきたんです。

その船頭は、ぼくの知り合いでしてね。知らせてきたので、ぼくが、それらを買いとったわけです。」

「中身は、なんだったんだ？」

「とってもいい物ですよ。」

ルパンはにやにやしながら、わきにおいてあったカバンから、やぶれた新聞紙のつつみを取りだしました。そして、中身を出すと丸テーブルの上に、それらをならべたのです。

数まいの新聞紙のほか、ガラスのインクつぼ、かわのひも、ガラスのかけら、おりたたまれた白い紙箱、はさみ、真っ赤な絹スカーフの切れはしがありました。

インクつぼのふたには、赤い絹糸がむすばれています。スカーフのはしには、同じ絹糸であんだ、丸いふさがついています。

「これらが、事件の証拠です。警部さん、どう思いますか。」

と、ルパンはいい、相手の顔を、あおるように見ました。

「事件？　証拠だって？」

話がよくわからず、ガニマール警部は頭がくらくらしました。

「いろいろな物があって、じつにおもしろいでしょう。一つ一つの物が、どこかで起きたらしい事件について、手がかりをあたえてくれます。頭のよい人間が、きちんと推理すれば、これらの物から、ひみつをあばけるんです。あなたは、経験たっぷりなベテラン刑事。あやしい

＊証拠…事実である事を明らかにするための資料。

証拠を元に真相をつかむのは、お手の物[*1]ですよね。」

しかし、ガニマール警部は、だまっていました。

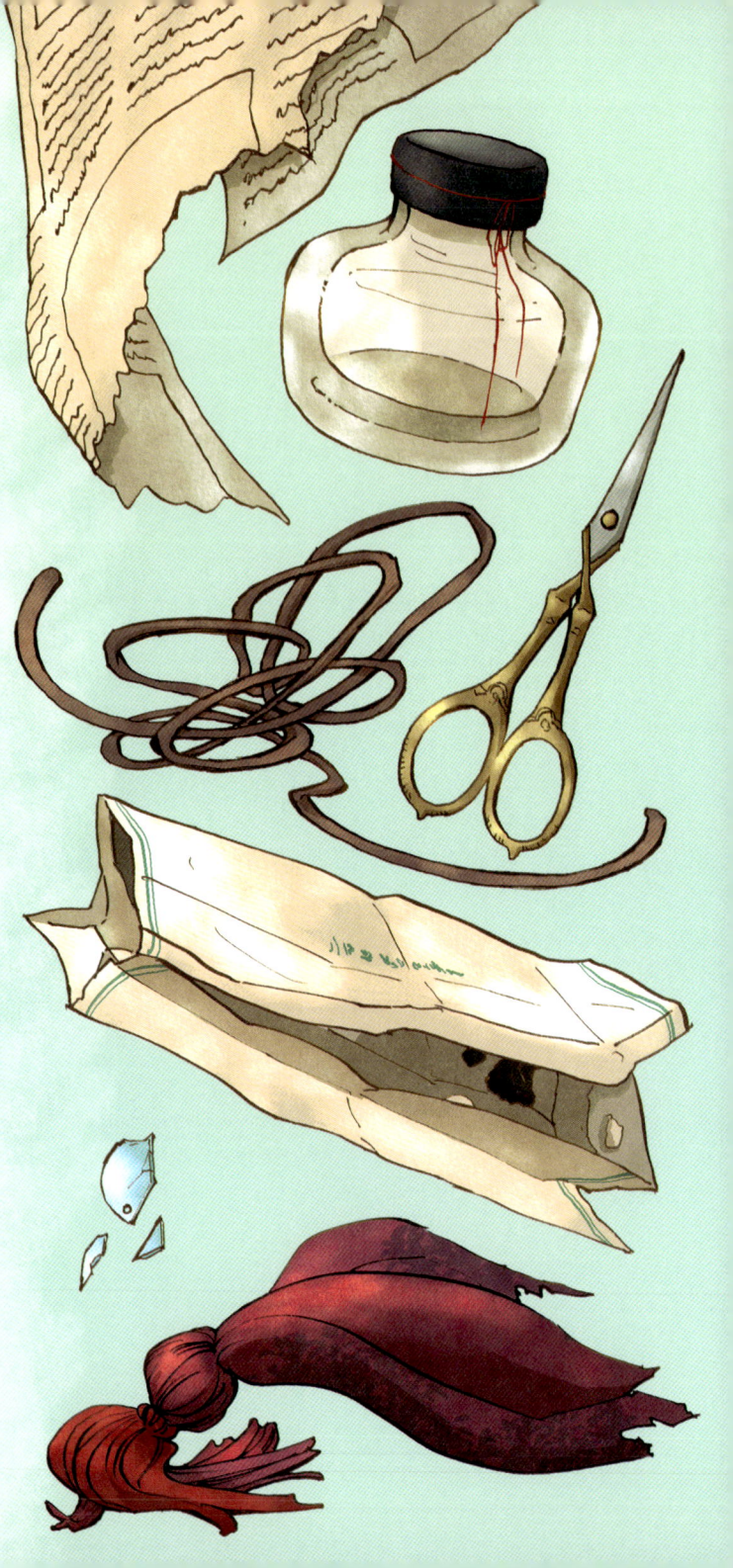

（事件だと？　ルパンのいうことなんか、ぜったいに信じるものか！）

と、思っていたのです。

ルパンは、そんな相手のことを、気にもとめません。

「警部さん。今日のあなたは無口なんですね。じゃあ、ぼくが代わりに、推理をのべましょう。これらの証拠が明らかに語っているのは、こんな事実ではないでしょうか――。

きのうの夜の九時すぎから十二時までの間に、はでな格好[*2]をしたわかい女性が、男に顔をなぐられ、首をしめられて殺されました。

その男、つまり犯人は、モノクル[*3]をかけた、身なりのりっぱな紳士です。たぶん、競馬に関係した仕事をしているか、競馬のレースに金をかけるのがすきなのでしょう。

＊1お手の物…よくなれていて、得意なこと。＊2はで…はなやかで目立つこと。
＊3モノクル…かたほうの目にだけ使う、レンズが一つのめがね。

事件が起きる前に、この二人はコーヒーを飲み、エクレアなどのケーキを食べたばかりでした。」

そういうと、ルパンはにこりとわらい、おどろいているガニマール警部の顔をのぞきこみました。

「アハハハ。びっくりして、声が出ないのですね。でも、こんなのはごくかんたんな、推理じゃないですか。」

「そ、そう思う理由は、なんなんだ？」

と、ガニマール警部は、苦しげにききかえしました。

「理由ですか。子どもにだって、わかることなのに――。」

と、ルパンは、ざんねんそうにいいました。そして、新聞をガニマール警部にわたしました。

「こういうことですよ。まず、このやぶれた新聞には、日付けと、『夕刊第三版』と記されています。

つまり、今日の夕刊でも、三回目にすられたものですが、それが新聞屋に運ばれてくるのは、夜九時ごろと、決まっています。

この新聞は、家に配達されるものだから、犯人が手に入れたのは、九時すぎなのです。

そして、この新聞にくるまれた証拠の数々が、ポン・ヌフ橋から投げすてられたのは、真夜中の一時ごろでした。

つまり、犯人のじゅんびや、移動の時間も

考えたら、わかい女性は、『きのうの夜九時すぎから、十二時の間におそわれた』と、推理できるでしょう。

このガラスのかけらのふちには、小さな丸いあながありますね。これは、モノクルをわくに固定するためのものです。モノクルは値段が高くて、上流階級の紳士しかかけないから、『身なりのよい男』となるのですよ。」

「だが、どうして、『わかい女性』だとか、『エクレアなどのケーキを食べた』と、わかるんだ？」

と、ガニマール警部は、ひくい声でききました。

ルパンは、つぶされた紙箱を指さしました。

「これは、ケーキを入れる箱です。内側にエクレアと思われる、白いメ*

レンゲと、チョコ・クリームがついています。たぶん、犯人がケーキを買って、女性のところに行き、二人でコーヒーでも飲みながら、それらを食べたんでしょう。

＊メレンゲ…たまごの白身をあわだてて、さとうなどをくわえたもの。

赤い絹のスカーフの切れはしは、殺された女性の物でしょうね。こんな色と、がらのスカーフは、はでな物がすきな、わかい女性しか使いませんよ。」

ルパンは、赤いスカーフを、指でつまんでつづけました。

「犯人の男は、はじめに女性になぐりかかったんでしょうね。どういう理由でも、女性をなぐるなんて、ほんとうにぼくはゆるせませんがね。」

「どうして、はじめになぐったとわかるんだ？」

ガニマール警部は、首をかしげました。

「スカーフの切れはしを、よく見てください。赤い色をしていますが、もっとこい赤い部分があります。血のあとです。けれど、つつみの中に、凶器*の刃物はありませんでした。このはさみにも血はついていません。だから、スカーフについた血は、犯人が女性をなぐって生じたものだと考えられるのですよ。」

「た、たしかに……。」

ルパンは、身ぶりをまじえながら、いいました。

「女性は、けんめいに、はむかったんでしょう。犯人のモノクルがわれたのも、女性がはたきおとしたからでしょうね。最終的に犯人は、スカーフを使って殺しました。

女性の息が止まると、犯人は急いで犯行のあとをかくそうと、持っていた新聞で、証拠の品をつつみました。

その新聞にも、手がかりがありますよ。競馬の記事がのっている

*凶器…人を殺したり、きずつけたりするために使う道具。

ページに、レースの予想をした赤いしるしがついています。
しかも、新聞をしばっていたかわのひもは、競馬のムチに使う物です。この二つのことから、この男が競馬ずきで、自分でも馬に乗ると考えられるわけです。」
「うーむ……。」
「犯人は、まず、女性とあらそったときにわれた、モノクルのレンズのかけらを拾いあつめました。そして、はさみを使って、スカーフの血のついたところを切りとりました。ほんとうは、スカーフをまるごとつつみたかったけれど、女性がしっかりにぎっていて、はなさなかったんでしょう。
ほかにも、ケーキの箱など証拠になりそうな物を、すべて新聞紙につつみ、競馬に使うかわのひもでしばったんですね。重しになるよう、ガラス製のインクつぼも、むすびつけました。

それから、犯人の男は女性の家からにげだしたのです。セーヌ川の橋まで来て、新聞紙のつつみを川に投げすてました。

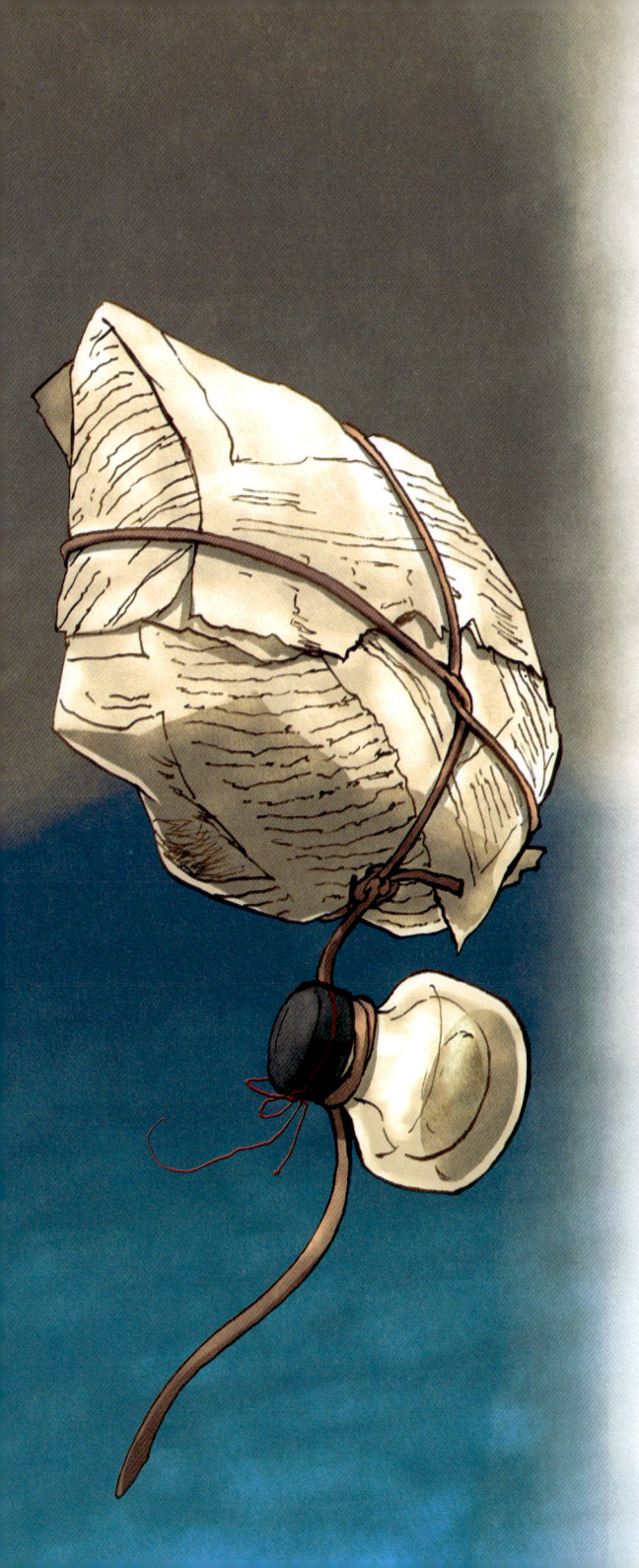

ところが、ぐうぜん、船が通りかかり、つつみはその上にのっかってしまったんですね。それで、運よく、ぼくの手に入ったというわけです――いいや、犯人にとっては、運悪く、というべきですね。」

と、ルパンは、ひややかにわらいました。

3 ルパンとの約束

「ハハハハハ。」

とつぜん、ルパンはわらいだしました。

「何が、おかしいんだ！」

ギクリとして、ガニマール警部はさけびました。

「あなたは、うたがっていますね。どうして、ルパンのやつが、こんな話をしたんだろう。この事件は、ほんとうにあったことなのだろうか、……と。」

それは、*図星でした。警部が心の中で考えていたことを、ルパンは、

*図星…考えていたとおりであること。

あっさりといいあてたのです。
「だけど心配は、いりません。ぼくは、すごくいそがしいんです。あっちこっちの城や金持ちの屋しきへ出かけて、どろぼうをしなければなりませんからね。時間がないんですよ。だから、この事件は、ほかの人に解決してもらおうと考えましてね。
だとすれば、この仕事にふさわしい人は、あなたしかいない。ええ、あなたというライバルに、あつい友情の気持ちを持っているから、手がらを立ててもらおうと思ったんですよ。それで、あの男と少年にこづかいをやって、あなたを、この屋しきにまねきこんだ、というわけです。」
そう聞いても、ガニマール警部は不満でした。

「……まあ、いい。で、わしにどうしろというんだ。」
「さあ、これらの証拠をあなたにわたします。仕事にかかってください。」
「仕事？」
「そう。事件の半分は、もうぼくが解決しました。あとの半分は、あなたがこれらの証拠を使って、解決してくださいね。

つまり、犯行現場とひがい者をつきとめ、競馬ずきの男を見つければいいんです。そいつをたいほすれば、事件は丸くおさまります。」

「わしが、おまえのいいなりになると思うのか！」

ガニマール警部は、ルパンをにらみつけました。

「なりますよ。ぼくの予想では、これは解決がむずかしい事件だし、犯人も、かなりの大物です。えらい人か、金持ちでしょう。つかまえたら、りっぱな手がらになりますよ。」

「おまえへの見返りは？」[*1]

警部は、ルパンがただでこんなことをしないと、経験から知っていました。何か、うらでたくらんでいるはずだと思ったのです。

「ぼくは、こうき心が強いんです。[*2]あなたが事件を解決したら、ぼくの推理が当たっていたかどうか、わかりますよね。今度会うときに、スカーフののこりを持ってきて、犯人がどんな男だったか、ぼくに教えてください。それだけで、十分ですよ、警部さん！」

「……い、いいだろう。」

と、ガニマール警部は、にがにがしい声でいいました。

これがほんとうに殺人事件なら、まずは解決しなければなりません。

「服装からすれば、殺された女性は、たぶんバレリーナか歌手です。また、犯人は、ポン・ヌフ橋の近くに住んでいますね。かれは左ききのはずだから、たいほするときは気をつけてくださいね。」

「あ、ああ……。」

ガニマール警部は、考えが追いつかず、ただうなずくことしかできま

＊1見返り…人が自分にしてくれたことにこたえて、何かをしてあげること。
＊2こうき心…めずらしいことやまだ知らないことに、強くきょうみを持つ心。

せんでした。
ルパンは、ゆっくりと立ちあがりました。
「じゃあ、警部さん。一か月後の午前十時に、ここでまた会いましょう。このスカーフだけは、ぼくがあずかっておきます。そのときに、あなたが持ってきたのこりと、つきあわせてみましょう――。」
それだけいうと、ルパンはさっさとドアから出ていってしまいました。
「ま、待て！」
いすをたおすいきおいで、ガニマール警部は、あわててそのあとを追いました。
しかし、むだでした。ドアにはかぎがかかっているのか、何かのしかけがしてあるらしく、取っ手が回らなかったのです。

けっきょく、かれがドアをこわし、この部屋から出られたのは、三十分以上もたってからでした。

4 殺人事件

（ルパンのいうことなど、半分は信じられない……ぜったい、何か、たくらんでいやがる……。）

そう思いながら、新聞紙にくるまれた証拠を持って、ガニマール警部は、警視庁に行きました。

階段の手前で、部下の一人が声をかけてきました。

「あ、ガニマール警部！　さっきから、デュドゥイ部長が、あなたのことをさがしていましたよ。」

「どうしてだ。」

ガニマール警部は、ふきげんな声できました。
「殺人事件が起きたからです。部長は、先に現場に行きました。ベルヌ街にあるアパートです。セーヌ川の近くですよ。きのうの夜のおそい時間に、わかい女性が殺されたんです。歌手だそうですよ。」
「なんだって？　歌手!?」
と、ガニマール警部はおどろき、大きな声を出しました。
場所を教わって、かれは、急いでそこへ向かいました。
（くそっ！　ルパンのいっていた事件だ！）
腹立たしいことに、怪盗紳士の推理どおりだったのです。
現場のアパートに着くと、三階の部屋には、デュドゥイ部長や、*鑑識員や、警察医などが集まっていました。

*鑑識…犯罪のそうさで、指紋や血液などを科学的に調べること。

「――ああ、ガニマール。きみが来るのを待っていたぞ。」
デュドゥイ部長が、安心した顔でいいました。
「おそくなってすみません、部長。」
「ひがい者は、ジェニー・サフィールという歌手だ。」
サフィールというのは、フランス語で、サファイアという宝石のことです。かのじょは、青くてきれいなサファイアを持っていることで知られていて、そうよばれていました。
ガニマール警部は、室内を見回しました。引き出しが、ゆかに落ちているなど、部屋じゅうがあらされています。
デュドゥイ部長は、しぶい顔で説明をつづけました。
「ジェニーは二十五歳で、最近、人気を集めている美人歌手だった。お

ととし、ロシアに演奏旅行に出かけ、向こうの貴族の前で歌ったところ気に入られ、大きなサファイアをもらったらしい。

だが、そのサファイアが見当たらない。強盗がかのじょを殺して、それをうばっていったのだろう――。」

ジェニーの死体は、長いすの上にたおれていました。顔のあたりから血が流れでていました。そして、これもルパンの推理どおり、だらんとたれた右手には、赤いスカーフの切れはしがにぎられていました。

つめが深く、そのスカーフに食いこんでいます。

「――もしかして、ルパンのやつが、サファイアをぬすんだのだろうか。」

と、デュドゥイ部長がいいましたが、ガニマール警部は、きっぱりと首をふりました。

「あいつは、ぜったいに殺人なんかしません。犯人はほかの人間です。ルパンの最大のライバルとして、それだけは自信がありました。

死体を調べおわった警察医が、みんなに説明しました。

「はじめに、かのじょは、顔をなぐられました。それから、首をしめられて殺されたのです。このスカーフでやられたんですな。」

警部は、ため息をつきました。警察医も、ルパンと同じことをいっています。

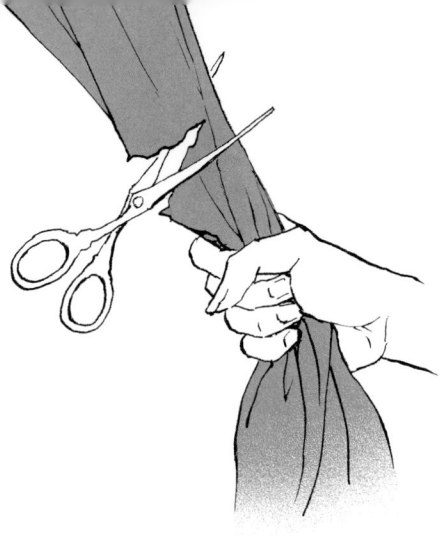

デュドゥイ部長が、まゆをピクリと動かしました。

「どうして、凶器のスカーフは、半分しかないんだ？」

答えたのは、ガニマール警部でした。

「犯人の男が血のついた手で、スカーフを使って首をしめたので、かれの指紋*がスカーフについたのですよ。犯人は、それをもぎとろうとしましたが、かのじょがスカーフをしっかりつかんでいて、できなかったのです。

だから、証拠をかくすために、真ん中で切り、そちらを持ちさったのでしょう。使ったのは、はさみですね。急いでいたから、切り口がギザギザです。」

*指紋…今は、目に見えない指紋でも調べることができるが、このころは物の表面についた指紋で、その人かどうかを見分けてはんだんした。

「犯人は、男だと思うのかね、ガニマール。」
「ほら、ジェニーの顔の真ん中に、強く、広くなぐられたあとがあります。こぶしが大きく、力がある人間がやった犯行であり、だとすると、犯人は男である可能性が高いわけです。」
「はさみを使ったというのは、どうしてわかる？」
「そこに、ふたの開いたさいほうセットがありますが、はさみだけが見当たりません。犯人が、ほかの証拠といっしょに持っていったんでしょうね。」
と、ガニマール警部は、小さなテーブルを指さしました。作りかけのレースのハンカチもあります。犯人がここに来たとき、女は、ぬいものをしていたようです。

「見事な推理だ、ガニマール！」
デュドゥイ部長は感心し、部下をほめました。しかし、警部は、まったくうれしくありませんでした。すべて、ルパンが考えたとおりだったからです。
（ルパンのやつめ、この犯罪現場にいなかったのに、すべてを見通していやがった！）
「警察に、かのじょの死を知らせたのは、だれですか。」
室内を見回し、ガニマール警部は、

たずねました。

「住みこみのメイド*だ。そのむすめが、ジェニーの身の回りの世話や、家のそうじなどを行っていたんだ。」

メイドは、十八歳の少女でした。となりの部屋に待たせていたのを、部下がつれてきました。ひどくおびえた表情をしています。

メイドがいうには、ジェニーは、人気のあるいそがしい歌手なのに、きそく正しい生活をしていたとのことでした。しかし、一か月前から、夜おそくに、身なりのよい男性が、たずねてくるようになったそうです。

いつも、ジェニーは午後十時ごろに、仕事を終えて劇場からもどってきました。男性は、そのすぐあとに来て、ジェニーと話をして、十二時くらいに帰っていたといいます。

「――ジェニーさまは、その男性のことを、『上流階級の人で、わたしと結婚したがっているのよ』と、おっしゃっていました。」

と、メイドは思いだしながら、説明しました。

「ふうむ。どんな感じの男だね？」

と、みけんにしわをよせ、ガニマール警部はたずねました。

「よく知りません。ジェニーさまは、わたしに会わせないようにしていました。

でも、二度ほど、アパートの入り口で、すれちがったことがあります。帽子のつばを下げていて、コートのえりを立てていました。年は三十歳から四十歳くらいだと思いますけど、男の顔は、見えませんでした……。」

＊メイド…主人の身の回りの世話をする、女性の使用人。

ガニマール警部は、デュドゥイ部長にいいました。
「顔をかくすのは、あやしいですね。やはり、そいつが犯人でしょう。」
「正体をつきとめて、つかまえてくれ、ガニマール。」
「そうします。」
と、警部は深くうなずきました。
くやしいけれど、ルパンがくれた手がかりがあります——。
ガニマール警部は、さっそく、捜査を始めました。

5 ガニマール警部の捜査

ひがい者のジェニー・サフィールの家はベルヌ街にあり、新聞紙のつつみがすてられた場所は、ポン・ヌフ橋です。警部は部下といっしょに、そのあたりのケーキ店を、全部調べました。

最後に行った店で、証拠と同じケーキ箱を使っていました。ガニマール警部は、店員の少女にたずねました。

「昨夜、九時ころ、帽子をかぶり、

モノクルをかけ、コートのえりを立てた、身なりのよい男性が、ケーキを買わなかったかね。」
店員は、その人物をおぼえていました。
「はい。ときどき、うちのケーキをお買いになりますわ。」
「どこの人か、知っているかね。」
「いいえ。ぞんじません。」
と、店員は首をふりました。
次に、ガニマール警部は、新聞屋に出かけました。証拠となるやぶれた新聞を見せると、店主は答えました。
「――ああ、これは、『競馬グラフ』という競馬新聞でさあ。予約している人に、わしらがおとどけするもんですぜ。」

「じゃあ、ここで売っている相手を教えてくれ。」

ガニマール警部は、かれからリストをもらいました。ポン・ヌフ橋から、ベルヌ街あたりに住んでいる人は、七人いました。

警部は、二人の部下をつかい、それらの人物を調べさせました。そして、すぐにあやしい人物がうかびました。モノクルをかけているのは、一人しかいなかったからです。

男の名前は、プレベーユ。オーギュスタン通りにある、高級マンションに住んでいました。競馬場によく出入りしていて、自分でも競走馬を持っているとのことでした。

マンションの管理人が、こう証言*しました。

「プレベーユさんは、昨夜も九時すぎに、『競馬グラフ』を手にして出

*証言…言葉で、体験したり、実さいに見たりした事実を話すこと。

かけました。そして帰ってきたのは、午前一時をすぎてからでしたね。」

「よし、まちがいない。プレベーユをつかまえるぞ！」

ガニマール警部は、大声で、部下たちにいいました。

三人は、通りの向こうから、このマンションを見はりました。

夜七時すぎに、コートのえりを立てて、*山高帽をかぶった紳士が帰ってきました。左手で、ステッキをついています。

（こいつだな！）

ガニマール警部は、素早く、男の前に立ちはだかりました。後ろから、部下たちが男をはさみうちにしました。

警部は、強い声でたずねました。

「プレベーユだな!?」

「そうだが、あんたはだれだ。」
男はステッキを右手に持ちかえると、けいかいした顔でききかえしました。
「警察の者だ――。」
最後までいうことは、できませんでした。プレベーユは、かべぎわまで後ずさりし、三人の警官をにらみながら、
「下がれ！　おれにかまうな！」
と、どなって、ステッキをふりあげたからです。
男はステッキで、ガニマール警部を

＊山高帽…羊毛などから作られたフェルト生地で、上部に丸みがあり、つばがある帽子。

なぐろうとしました。

ヒュン！

ステッキの先が、*1空を切りました。

警部は身をしずめて、間一髪で相手の攻撃をかわしました。そして、男のステッキを、両手でガシッとつかんだのです。

そのとき、ガニマール警部の頭に、ルパンの注意が思いうかびました。

（その男は、左ききだぞ――。）

警部は、はっとしました。男が左手をコートのポケットに入れて、何かを取りだしたからです。

それは、ピストルでした。ステッキをわざわざ右手ににぎりかえたのは、左手でピストルをうつためだったのです！

ガニマール警部は、ステッキを全力でうばいとると、それを使って、下から相手のあごを思いっきりつきあげました。

「ぎゃっ！」という男の悲鳴と、「ズドン！」というピストルの発射音は同時でした！

あぶないところでした。ピストルのたまは、ガニマール警部の肩をかすめました。警部が、ルパンのいったことを思いだして、早く動かなければ、胸に命中していたでしょう。

地面にたおれた男を部下たちが取りおさえて、ガチャッと手じょうをかけました。

「よし。こいつを留置場へ入れるのだ！」

と、ガニマール警部はほっとしながら、命令しました。

＊1空を切る…なんの手ごたえもないことをする。からぶりをする。
＊2留置場…犯罪をおかしたうたがいのある人を、取りしらべるために、警察にとめておく場所。

6 赤いスカーフのひみつ

一週間かけて、ガニマール警部たちは、プレベーユのことをきびしく取りしらべ、いろいろなことがわかりました。

プレベーユというのは、にせの名前で、ほんとうの名前は、トーマ・ドゥロックといい、*前科のある悪党でした。かれの家の中からは、新聞紙のつつみをしばっていた、あのかわのひもと同じ物が出てきました。

ケーキ店の少女は、あの夜、ケーキを買いに来たのはかれだと証言しました。ジェニーのメイドも、たぶんかれが、いつもたずねてくる男だと思うといいました。

ですが、上司のデュドゥイ部長は、しぶい顔でした。

「ガニマール。これでは、まだだめだ。やつを犯人だとする、決定的な証拠がなければ――。」

というのも、なくなったサファイアが、プレベーユの家からもどこからも、見つからなかったからです。

「おれは、ジェニーなんて知らないね。サファイアも持っていないぞ。」

プレベーユは、殺していないと、いいはりました。

「やつの指紋さえ、あればな……。」

＊前科…以前に法律による刑罰を受けていること。前におかした罪。

とデュドゥイ部長がいうので、ガニマール警部は、ジェニーの手にあったスカーフの切れはしを何度も調べました。しかし、こっちの切れはしには、血が一てきもついていません。はしっこのほうに、太い糸であんだ丸いふさがついています。ビー玉が入りそうな大きさでした。

そういえば、ルパンが持っていったスカーフの切れはしにも、同じふさがついていました。そのことを、ガニマール警部は思いだしました。

（とにかく、あいつから、スカーフののこりをもらおう。ついでに、あいつもたいほできれば、いいんだがな……。）

ルパンとの約束の日、そう考えながら、警部はふたたび、シュレーヌ通りにある、あの古い建物へ出かけました。

「――おまえたちは、屋しきの門を見はっていてくれ。ルパンがにげだ

してきたら、とらえるんだぞ。」

部下にそう命じ、ガニマール警部は中に入りました。

この建物の出入り口は、ここしかないようです。白髪の年とったペンキ職人が、建物の板かべを緑色にぬっていました。あたりに、ペンキのにおいが、プーンとただよっています。

中に入った警部は、ズボンのポケットの中で、ピストルをにぎりました。用心しながら、階段を上りました。あの部屋のドアが、半分、開いていました。中から、明かりがもれています。

そっと入りましたが、だれもいません。物音もしません。

「ふん。ルパンのやつ、おじけづいて来なかったな――。」

と、ガニマール警部がバカにしたようにいうと、とたんに、後ろで、

「じょうだんじゃない。天下のルパンさまは、かならず約束を守るんだ。」

と、年よりの、しわがれた声がしました。

警部が、はっとしてふりかえると、さっきのペンキ職人が立っていました。

相手の声が、急に、わかわかしくなりました。
「ハハハハ、ぼくです、ルパンですよ。まだわからないのですか。」
「……ル、ルパン!?」
「まあ、いいでしょう、警部さん。れいのスカーフの切れはしを持ってきましたか。ジェニーという歌手が殺されて、プレベーユをつかまえたことも、もちろん知っています。警察には、ぼくの部下が、何人ももぐりこんでいますから、情報はつつぬけですよ。」
かつらとひげをさっと取り、ルパンは、にこにこしながら、手を出しました。
「ジェニーがにぎっていたのは、これだ……。」
ガニマール警部は、スカーフの切れはしを、ルパンに手わたしました。

「じゃあ、もう半分のスカーフと、合わせてみましょう。」
ルパンが、テーブルの上で、両方の切れはしをくっつけると、それらは、ぴったりと合い、一つのスカーフになりました。
「やはり、これでまちがいありません。そして、ぼくの持っていたほうには、血にそまった指紋が、ついています。ほら、左手のあとが、ついているでしょう。プレベーユは、左手でなぐった——だから、左ききといったわけです。この切れはしは、やつが犯人であるという、たしかな証拠ですね。
さあ、警部さん、これをあなたにあげます。その代わり、ジェニーがにぎっていたほうは、ぼくが記念にもらいますね。むずかしい事件を、あざやかに解決したのですから、そのごほうびというわけです。」

そういうと、ルパンは自分が持っていたほうのスカーフを、ふわりとガニマールに投げわたしました。

警部は、大事な証拠のスカーフをていねいにしまうと同時に、ピストルを取りだしました。

「ルパン、ありがとうよ。だが、それはそれ、これはこれだ。わしはおまえをたいほする。あきらめろ！」

つめたい声でいいましたが、ルパンはまったくあわてません。

「まあまあ。そんなぶっそうな物は、しまってくださいよ。それよりも、警部さん。どうして、ぼくが、ジェニーのにぎっていたスカーフをほしがったか、ほんとうの理由を知りたくないですか。」

「なんだって。」

警部は、ぎくりとしました。
ルパンは左手を広げて、前に出しました。その上に、古いメダルがのっていました。
「このスカーフはよく見ると手作りだし、つつみに入っていたはさみも、さいほう用です。ジェニーは、さいほうが上手だったんでしょう。
ぼくはスカーフを、さらに調べました。そうしたら、このメダルが、スカーフのふさの中から出てきたんです。大事にかくしていたんです。きっと、お守りか思い出の品なんでしょう。
だから、ぼくは、もうかたほうのスカーフにあるふさにも、大切な物が、かくしてあるんじゃないかと想像しました。それをたしかめたくて、あなたに持ってきてもらったわけですよ――。」

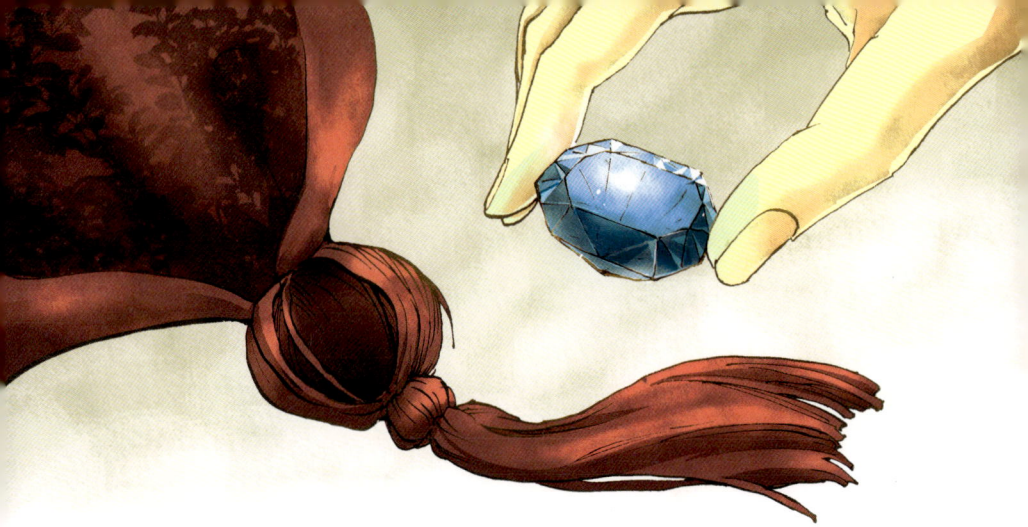

そういうと、ルパンは警部が持ってきたスカーフのふさを、指の先でいじりはじめました。すると、ほぐされた糸と糸の間から、何か、かがやく物が出てきたのでした。

「――ほうら、ありました。美しい宝石です！」

ルパンはうれしそうにいい、親指と人差し指でつかみ、電灯の光へかざしたのです。

青くて、きれいな光がきらめきました。

「ジェ、ジェニーのサファイア！」

ガニマール警部は、真っ青になりました。

「そう、大きくて、かなり高価なサファイアです。」

ルパンはフフフとわらい、それをポケットに入れました。
「ちくしょう！　ルパン、おまえ、はじめから、その宝石がねらいだったんだな！」
ガニマール警部は、いかりにふるえながら、大声を上げました。
「自分が、サファイアを持っていたと気づかないなんて、ほんとうにまぬけですよ、警部さん。
なぜ、ジェニーが必死にスカーフをつかんでいたか、あなたは理由を考えなかったのですか。考えたら、宝石がふさの中にかくされているはずだと、すぐに気づいたでしょうに。」
と、ルパンは、笑顔のままいいました。
カッとなった警部は、ピストルをかまえました。

「宝石を返せ。返さないとうつぞ、ルパン！」

しかし、大どろぼうは、まったく動じませんでした。そして、ゆうゆうと入り口のほうへ、後ずさりします。

「うつならうってみてください、でも、そんな物で、ぼくはきずつきませんよ。」

「どうしてだ!?」

「そのピストルには、たまが入っていませんからね。」

「ええっ!?」

ガニマール警部は、おどろきました。

「あなたの家には、家政婦のカトリーヌばあさんが、いるでしょう。じつは、かのじょも、ぼくの部下の一人でしてね。

けさ、あなたが出かける前に、かのじょが、ピストルから、たまをぬきとってくれたわけです。ぼくが、たのんでおいたのですよ。」

さらにびっくりして、警部は、持っているピストルに目を向けました。とたんに、ルパンが、ガニマール警部を柔道のわざで投げとばし、警部は、たおれこみました。

そのすきに、ルパンは、部屋の外にかけだします。

「く、くそう……。」

ガニマール警部は苦しそうに、やっとのことで立ちあがりました。ですが、またもや、ドアが開かなくなっていました。

（二度も、同じ手に引っかかるなんて！　わしはなんてバカだ！）

自分で自分をののしり、ガニマール警部は急いでまどを開け、外にいる部下の一人をよびました。

「とじこめられた！　ドアを開けてくれ！」

やっとのことで、屋しきの外に出たガニマール警部は、もう一人の部下にたずねました。

「ルパンはどうした!?」

「いいえ、あやしいやつはだれも出てきませんでしたよ。出てきたのは、ペンキ職人の老人だけです。あなたにわたしてくれって、手紙をあずかりましたが。」

「そいつがルパンだ！　ルパンの変装なのだ！」

しかし、すでに手おくれでした。もうどこにも、あの怪盗紳士はいませんでした。

ガニマール警部は、ふうとうの中から、手紙を取りだしました。

えんぴつで、こう走り書きされていました。

ガニマール警部さんへ

あなたは、なんでもかんたんに信じてしまいますね。

あなたのピストルに、細工なんてしていませんよ。たまは、ちゃんと入っているはずです。

ええ、カトリーヌばあさんが、ぼくの部下だというのは、真っ赤なうそです。お会いしたことはないが、きっとかのじょは、正直者の、よい家政婦でしょうね。

それでは、またいつか、お目にかかりましょう。あなたの親友より。

アルセーヌ・ルパン

Arsène Lupin

（「赤いスカーフのひみつ」おわり）

物語について

世界一、有名な怪盗、ルパン！

編著・二階堂黎人

みなさん。世界一、有名な怪盗をごぞんじですか。

そう。それは、この小説の主人公、アルセーヌ・ルパンです。フランスの作家、モーリス・ルブランという人が、生みの親です。ルパンの第一作、短編「ルパン逮捕される」は、一九〇五年に、「ジュ・セ・トゥ」という雑誌に発表されました。するとたちまち、ルパンは、フランスで大人気になりました。

日本でも昔から、ルパンの小説はくりかえし訳されて、たくさんの読者に愛されてきました。というのも、ルパンがたいへん魅力のある人物だからです。

ルパンは変装の名人で、ねらったものをかならずぬすみだしてしまうという、とても頭のよい、大どろぼうです。しかし、女性や子どもにやさしく、悪人と対決したり、名探偵のように、むずかしい事件を解決したりすることもあります。収録作の「あやしい旅行者」は、ルパンの第一短編集『怪盗紳士ルパン』（一九〇七

年発表）に入っています。「ルパン逮捕される」で、ルパンはガニマール警部につかまってしまいますが、すぐに脱獄します。そして、にげているとちゅうに出くわしたのが、この事件なのです。

「赤いスカーフのひみつ」は、第二短編集『ルパンの告白』（一九一三年発表）に入っています。ルパンの短編には、傑作がたくさんありますが、これは、もっとも有名なもので、世界じゅうのミステリーファンも絶賛しています。

ある日、ルパンがガニマール警部をだましてよびだし、きみょうな証拠の品々を見せて、事件を解決してみろと、いどみます。そして、最後になって、ルパンがねらっていた宝物のかくし場所がわかるわけです。あざやかな結末ですね！

このように、ルパンの物語には、わくわくする冒険や、ギクリとするようなひみつや、どきどきするようななぞときが、たくさんつまっています。みなさんも、このルパンシリーズを読めば、きっと、ミステリー小説が大すきになるはずです。

それでは、ルパンの、次の活やくをお楽しみに！

もっと もっと
お話を読みたい子に…

10歳までに読みたい世界名作 シリーズ

ここでも読める! ルパンのお話

怪盗 アルセーヌ・ルパン

大金持ちから盗みをはたらくが、弱い人は助ける怪盗紳士、アルセーヌ・ルパン。あざやかなトリックで、次々に世界中の人をびっくりさせる事件を起こす!

ISBN978-4-05-204190-7

Episode 01 怪盗ルパン対悪魔男爵

古城に住む男爵に届けられた、盗みの予告状。差出人は、刑務所にいるはずのアルセーヌ・ルパン! ろう屋の中のルパンが、どうやって美術品を盗むというのか!?

Episode 02 怪盗ルパンゆうゆう脱獄

「裁判には出ない」といいはなち、ろう屋からの脱走を予告するルパン。そしてルパンの裁判の日、たくさんの人の前にあらわれた男は、まったくの別人だった!?

お話がよくわかる!
『物語ナビ』が大人気

全2作品
＋
物語ナビ付き

カラーイラストで、登場人物やお話のことが、すらすら頭に入ります。

ISBN978-4-05-204062-7

こっちもおもしろい! ホームズのお話

名探偵 シャーロック・ホームズ

世界一の名探偵ホームズが、とびぬけた推理力で、だれも解決できないおかしな事件にいどむ! くりだされるなぞ解きと、犯人との対決がスリル満点。

事件 File 01 まだらのひも

ホームズの部屋へ来た女の人が話した、おそろしい出来事。夜中の口笛、決して開かないまど、ふたごの姉が死ぬ前に口にした言葉「まだらのひも」とは何か……!?

しばらくしてから、ホームズがたずねました。
「はい……。あまるほどいろいろ調べてくださったのですが、はっきりしないことばかりで、だれも出ない夜の部屋はまるでアヘン窟からずがんだかの様子でしたし、何よりも、なぜ死んだかも分からないのです。」
「お嬢さんは、ねまきを着ておられましたか、それとも帽子をかぶっておられましたか、手にはマッチのもえさしを持っておりましたか、ということは、ねていたときに何かに気づいて、それを確かめようとしてマッチをつけたんでしょうね。」
ホームズがいいました。そのあとにつづけて、
「石炭ガスは、たしかに『まだらのひも』とまぎらわしいですね。」
「はい。医師でスペンダー・パジェットという、はっきりと、『レンガが白くなるほど、ぼっかりと黒いいたことがあるって、口をはかせるまでした。

ほか全3作品を収録。

この次何読む?

10歳までに読みたい世界名作 シリーズ

好評発売中!

赤毛のアン

トム・ソーヤの冒険

オズのまほうつかい

ガリバー旅行記

若草物語

名探偵シャーロック・ホームズ

小公女セーラ

シートン動物記「オオカミ王ロボ」

アルプスの少女ハイジ

西遊記

ふしぎの国のアリス

怪盗アルセーヌ・ルパン

ひみつの花園

宝島

あしながおじさん

アラビアンナイトシンドバッドの冒険

少女ポリアンナ

ロビンソン・クルーソー

フランダースの犬

岩くつ王

家なき子

三銃士

王子とこじき

海底二万マイル

編著　**二階堂黎人**（にかいどう　れいと）

1959年東京都生まれ。90年、第1回鮎川哲也賞で『吸血の家』が佳作入選。92年、『地獄の奇術師』（講談社）でデビュー。推理小説を中心にして、名探偵二階堂蘭子を主人公にした『人狼城の恐怖』四部作（講談社）、水乃サトルを主人公にした『智天使の不思議』（光文社）、ボクちゃんこと6歳の幼稚園児が探偵として活躍する『ドアの向こう側』（双葉社）など、著書多数。大学時代に手塚治虫ファンクラブの会長を務め、手塚治虫の評伝『僕らが愛した手塚治虫』シリーズ（小学館）も発表している。

絵　**清瀬のどか**（きよせ　のどか）

漫画家・イラストレーター。代表作に『鋼殻のレギオス MISSING MAIL』『FINAL FANTASY XI LANDS END』（ともにKADOKAWA）、『学研まんがNEW日本の歴史04-武士の世の中へ-』『10歳までに読みたい世界名作12巻 怪盗アルセーヌ・ルパン』（ともにGakken）など。

原作者

モーリス・ルブラン

1864年、フランスのルーアンに生まれた、推理、冒険小説家。
1905年に「怪盗ルパン」シリーズを出し、世界中の人々に読まれるベストセラーとなる。

一部地図イラスト／入澤宣幸（ラムダプロダクション）

10歳までに読みたい名作ミステリー

怪盗アルセーヌ・ルパン
あやしい旅行者

2016年6月28日　第1刷発行
2023年3月13日　第9刷発行

原作／モーリス・ルブラン
編著／二階堂黎人
絵／清瀬のどか
装幀デザイン／相京厚史・大岡喜直(next door design)
巻頭デザイン／増田佳明(next door design)
協力／ルパン同好会　松本典久

発行人／土屋　徹
編集人／代田雪絵
企画編集／松山明代　髙橋美佐
編集協力／勝家順子　上埜真紀子
ＤＴＰ／株式会社アド・クレール
発行所／株式会社Gakken
〒141-8416 東京都品川区西五反田2-11-8
印刷所／株式会社広済堂ネクスト

VEGETABLE OIL INK
この本は環境負荷の少ない下記の方法で制作しました。
●製版フィルムを使用しないCTP方式で印刷しました。
●一部ベジタブルインキを使用しました。
●環境に配慮して作られた紙を使用しています。

この本に関する各種お問い合わせ先
●本の内容については、下記サイトのお問い合わせフォームよりお願いします。
https://www.corp-gakken.co.jp/contact/
●在庫については　Tel 03-6431-1197（販売部）
●不良品（落丁、乱丁）については　Tel 0570-000577
学研業務センター　〒354-0045　埼玉県入間郡三芳町上富279-1
●上記以外のお問い合わせは　Tel 0570-056-710（学研グループ総合案内）

NDC900　170P　21cm
©R.Nikaidou & N.Kiyose 2016　Printed in Japan
本書の無断転載、複製、複写（コピー）、翻訳を禁じます。本書を代行業者等の第三者に依頼してスキャンやデジタル化することは、たとえ個人や家庭内の利用であっても、著作権法上、認められておりません。
複写（コピー）をご希望の場合は、下記までご連絡ください。
日本複製権センター https://jrrc.or.jp/
E-mail：jrrc_info@jrrc.or.jp Tel：03-3401-2382
Ⓡ<日本複製権センター委託出版物>

学研グループの書籍・雑誌についての新刊情報・詳細情報は、下記をご覧ください。
学研出版サイト　https://hon.gakken.jp/

物語を読んで、想像のつばさを大きく羽ばたかせよう！読書の幅をどんどん広げよう！

シリーズキャラクター「名作くん」

ふ…ふ…ふ…。
「10歳までに読みたい名作ミステリー
怪盗アルセーヌ・ルパン」シリーズ5さつを
読んだら、ひとつの言葉になるのだよ。
ちょうせんしたまえ。
メ
?
?
?
?
?